DISCOVRS

D'VN FIDELE SVIET

DV ROY,

TOVCHANT

L'ESTABLISSEMENT

D'VNE COMPAGNIE

FRANÇOISE

Pour le Commerce des Indes Orientales :

Adreſſé à tous les François.

A PARIS.

M. DC. LXIV.

DISCOVRS
D'VN FIDELE SVIET
DV ROY,

Touchant l'establissement d'une Compagnie
Françoise pour le Commerce
des Indes Orientales.

ADRESSE A TOVS LES FRANÇOIS.

SIL est de la grandeur d'un Estat, que ses peuples s'appliquent aux exercices militaires, pour resister aux entreprises des Estrangers ; il n'est pas moins de son utilité qu'ils s'adonnent au Commerce, pour aller chercher dans les parties du Monde les plus éloignées, ce qui peut contribuer au bonheur ou à l'ornement de leur pays. Et de fait, cette occupation accomplit toute seule les deux choses que les grands

A ij

Politiques defirent le plus ; je veux dire, qu'elle
retire les hommes de l'Oifiveté, les endurcit à la
fatigue, & en mefme temps les comble d'honneur & de biens. Tellement qu'il manque quelque chofe à la profperité d'un grand Royaume,
quand le Commerce n'y fleurit pas à l'égal des
autres profeffions, & quand les particuliers par
une molleffe dangereufe, negligent la plus noble
maniere de s'exercer, & le plus legitime moyen
de s'enrichir. Mais, certes, il femble que le Commerce foit de la nature des Arts liberaux, qui de-
mandent le repos de celuy qui les cultive ; Et
comme il n'eft pas poffible que parmi le tumulte
d'une vie inquiete l'efprit reçoive ou retienne
ces belles habitudes qui le rendent fi recomman-
dable quand il les poffede : Auffi eft-il vray de dire, que le Commerce ne fçauroit eftre en vigueur
que durant la Paix, qui eft à l'égard d'un Eftat,
ce que le repos d'efprit eft à l'égard d'un particul-
lier. Ce n'eft guere la faifon, au milieu d'une
Guerre inteftine ou eftrangere, quand tous les citoyens font obligez de fonger à la defenfe de la
Patrie, de faire des voyages de long cours, &
d'emmener hors du pays ceux qui doivent luy rendre fervice. En ces malheureufes rencontres l'ab-
fence tiendroit lieu de defertion, & le defir d'acquerir qui eft honnefte en un autre temps, paf-
feroit alors pour une avarice criminelle. Chacun
fçait quelle a efté l'agitation de la France depuis

cent ans & plus ; Quels orages elle a eu à com-
batre ; A quels perils elle a esté exposée. Il n'en
faut pas dire davantage, pour ne point rafraif-
chir la memoire des malheurs qu'il faut s'efforcer
d'oublier. Il suffira de remarquer, qu'aprés avoir
evité les plus dangereux écueils, elle se vit encore au commencement du regne precedent plon-
ger dans une guerre civile, par la revolte de quel-
ques-uns de ses enfans, que la difference de Reli-
gion avoit éloignez de l'affection des autres , &
avoit souftraits à l'obeïssance du Prince. Cette
affaire s'estant terminée glorieusement , & les
peuples ayant esté ramenez dans le devoir, sans
détruire leur Liberté, ni violenter leur Confcien-
ce, elle se trouva obligée de soûtenir contre les
Estrangers une des plus longues guerres qui ait
esté depuis la fondation de la Monarchie. Et bien
que la justice de sa cause, la valeur de son Roy, &
la sagesse des Conseils dont il s'est servi, l'ayent
toûjours rendu victorieuse ; neantmoins il est
manifeste, que cela ne s'est pû faire qu'avec des
soins incroyables, & avec un zele extraordinaire
de tous les membres de l'Estat. Et ainsi, il semble
qu'on n'a pas dû s'estonner, si les François ayant
eu tant d'occupations chez eux-mesmes, n'ont
point tourné leurs pensées vers la Navigation &
le Trafic ; & si nos Voisins qui cependant s'y sont
appliquez avec soin, en ont remporté tant d'honneur, & y ont amassé tant de richesses. Il ne

A iij

faut point encore trouver eftrange, fi quelques entreprifes de particuliers n'ont pas eu tout le fuccés qu'ils s'en eftoient promis, parce que la pluf-part d'entre eux ayant eu d'autres affaires qui leur touchoient de plus prés, durant nos troubles, ont pourfuivi ces commencemens avec lenteur, & les ont mefme laiffé tomber dans le defordre, par le peu de diligence qu'ils ont faite pour le prevenir. Mais aujourd'huy que Dieu nous a rendu la Tranquillité fi defirée, & que la France joüit d'une profonde paix fous le glorieux gouvernement de fon Roy. Aujourd'huy que la fage conduite de ce Prince, & fa ferme application aux affaires, font les objets de l'admiration & de la crainte de toute l'Europe, il y auroit un jufte fujet d'eftonnement, fi noftre Nation ne vouloit pas faire quelque effort pour fe remettre dans un droit qu'elle ne peut perdre, & pour fe procurer à elle-mefme, par l'eftabliffement d'un fameux Commerce, les utilitez ineftimables que fes voifins en reçoivent.

Or entre tous les Commerces qui fe font dans toutes les parties du Monde, il n'y en a point de plus riche ni de plus confiderable, que celuy des Indes Orientales. C'eft de ces pays feconds que le Soleil regarde de plus prés que les noftres, qu'on rapporte ce qu'il y a de plus precieux parmi les hommes, & ce qui contribue le plus, foit à la douceur de la Vie, foit à l'Eclat & à la Magnificence. C'eſt de là qu'on tire l'Or & les Pierreries ; C'eſt de là que viennent ces marchandiſes ſi renommées & d'un debit ſi aſſeuré, la Soye, la Canelle, le Poivre, le Gingembre, le Muſcade, les toiles de Cotton, la Oüate, la Pourcelaine, les bois qui ſervent à toutes les teintures, l'Ivoire, l'Encens, le Bezoart, & mille autres commoditez, auſquelles les hommes eſtant accouſtumez, il eſt impoſſible qu'ils s'en paſſent. C'eſt deſormais une neceſſité indiſpenſable de faire venir de toutes ces choſes ; & je ne voy pas pourquoy nous les voudrions toûjours recevoir de la main d'autruy, & pourquoy nous refuſerions de faire gagner doreſnavant à nos Citoyens, ce que des eſtrangers ont gagné ſur eux juſqu'à preſent. Pourquoy faudroit-il que les Portugais, les Hollandois, les Anglois, les Danois, allaſſent tous les jours dans les Indes Orientales, y poſſedaſſent des magazins & des foratereſſes, & que les François n'y euſſent jamais ni l'un ni l'autre? A quoy donc nous ſerviroit-il d'avoir de ſi bons ports ; d'avoir tant de vaiſſeaux ; ſi grand nombre de matelots experimentez ; tant de vaillans ſoldats? A quoy nous ſerviroit-il de nous vanter d'eſtre ſujets de la premiere Couronne de l'Vnivers, ſi les Sujets de cette premiere Couronne n'avoient pas la hardieſſe de ſe monſtrer dans les lieux où les autres ſe ſont eſtablis avec empire? Il vaudroit preſque mieux n'avoir point tant d'avantages, que de ne s'en pas fervir, & eftre arrefté par impuiffance, que par le defaut de refolution. Ne feroit-ce pas une honte, que nous n'ofaffions entreprendre avec affeurance, ce que d'autres ont entrepris dans le doute ? Que nous n'ofaffions traverfer des Mers où ils fe font expofez lors qu'elles eftoient inconnües ? Avons-nous donc trop peu d'induftrie pour nous fervir de leurs inventions, ou trop peu de courage pour fuivre leur exemple ? Voudrions-nous plus de facilité que celle qui nous eft acquife par leurs travaux ? Voudrions-nous une certitude plus grande de la bonté de l'evenement, que la richeffe & la gloire dont ils joüiffent ?

Mais, il le faut avoüer, les Inventeurs des chofes ont une certaine gloire qui ne fe peut communiquer ; Ils n'en fçauroient faire part à perfonne ; Ils la poffedent toute entiere. Les Portugais auront eternellement celle d'avoir découvert ces fameufes provinces de l'Orient, & leurs Rois mefmes ne dédaignent pas de s'attribuer les premieres penfées de cette entreprife. En effet ils difent que dés l'an 1420 Henry Duc de Vifeo, fils du Roy D. Iean premier, s'eftant perfuadé par la grande connoiffance qu'il avoit de l'Aftronomie & des autres fciences, qu'il devoit y avoir plufieurs Ifles dans la mer Oceane où l'on pourroit aller, il envoya quelques vaiffeaux pour s'en éclaircir, lefquels découvrirent

l'Ifle

l'Ifle de Madere , & qu'en fuite d'autres firent
voile le long des coftes d'Afrique, où ils firent
de nouvelles découvertes. Toutefois ce deffein
qui avoit efté alors entamé fi heureufement, fut
interrompu par les guerres, tant durant le regne
d'Edoüard fucceffeur de Iean premier, que fous
celuy d'Alfonfe. Mais Iean fecond fucceffeur
d'Alfonfe continuant ce que fes predeceffeurs
avoient commencé, envoya en 1487 un certain
Barthelemy Dias pour courir toute la cofte d'A-
frique ; & ce fut luy qui le premier doubla le
Cap de bonne Efperance, à qui il donna le nom
de Cap des tourmentes, à caufe des orages qu'il
fait ordinairement en cet endroit. Et ce nom luy
feroit peut-eftre demeuré , fi le Roy mefme n'a-
voit voulu le changer en un autre de meilleur
augure, & qui eftoit fondé fur l'Efperance qu'il
avoit que ce nouveau progrés luy ouvriroit le
chemin à la conquefte des Indes Orientales, à laquelle il afpiroit avec beaucoup de paffion. Toutefois avant que de hazarder fes vaiffeaux dans
une mer fi vafte, il envoya des hommes par terre
jufqu'aux Indes, afin de s'inftruire des plus ex-
perts Pilotes du pays, de toutes les adreffes de
cette route. Mais la mort l'ayant furpris fur ces
preparatifs, il laiffa la confommation de ce grand
ouvrage à fon fucceffeur Emanuel. Ce Prince
donc ayant receu toutes les inftructions neceffaires , fit partir quatre vaiffeaux de Lifbone au

B

mois de Iuillet 1497, fous la conduite de Vafco
de Gama, qui aprés avoir doublé le Cap de bonne Efperance, nonobftant les tempeftes, & vain-
cu l'importunité des fiens, qui demandoient à re-
tourner, arriva heureufement devant Calicut au
mois de May fuivant ; & aprés avoir efté deux
ans abfent, il vint luy-mefme apporter les nouvelles de fon heureufe Navigation, & jetter les
fondemens des grandes efperances que l'on en
devoit concevoir. L'année d'aprés le Roy y renvoya quatorze vaiffeaux fous la charge de Pedro
Alvarez, & continua depuis à y envoyer plufieurs flottes pour fe fortifier puiffamment dans
ce pays où il trouvoit tant de richeffes. Et par ce
moyen, il fe rencontra, qu'au mefme temps que
le Roy de Caftille s'emparoit de toutes les nouvelles terres du cofté de l'Occident, les Portugais
faifoient la mefme chofe du cofté de l'Orient. Et
c'eft ce qui donna lieu à ce fameux partage fait
par le Pape Alexandre VI. qui tirant une ligne
imaginaire d'un Pole à l'autre, laquelle devoit
paffer à cent lieües des Açores, adjugeoit au Roy
de Caftille, tout ce qui eftoit à l'Occident de
cette ligne, fans toucher aux eftabliffemens que
les Rois de Portugal avoient déja à l'Orient de
la mefme ligne, & qui s'augmenterent infiniment
depuis le voyage de Vafco de Gama. C'eft ainfi
que la conftante refolution de ces Princes fur-
monta les difficultez qui les pouvoient effrayer,

& reüffit enfin avec tant de gloire pour eux , & tant de bonheur pour leurs fujets. C'eft ainfi que ces nouveaux Argonautes allerent à la conquefte de la veritable Toifon d'or. Car enfin, c'eft à cette Navigation que les Portugais font redevables de tous leurs threfors ; C'eft par là qu'ils fe font rendus celebres entre tous les Peuples , & qu'ils ont élevé leur nom & leur puiffance plus haut ce femble que ne leur permettoit l'étendüe de leur Royaume, qui n'eft qu'une des plus petites & des plus fteriles parties de toute l'Europe. C'eft ce grand & riche trafic qu'ils ont poffedé tout feuls cent ans entiers, qui les a mis en eftat de fouftenir fi hautement ce qu'ils ont entrepris de nos jours ; Et mal-aifément auroient-ils pû refifter aux ennemis qui font à leurs portes, fi cette fource inépuifable d'or & d'argent, & de marchandifes precieufes qu'ils trouvent dans les Indes, ne leur fourniffoit abondamment dequoy fubvenir aux defpenfes d'vne fi longue & fi dangereufe guerre.

C'eft de cette mefme Navigation & de ce mefme Trafic, que les Hollandois, qui s'eftoient defendus d'abord contre les Efpagnols avec des forces fi inégales, ont tiré dequoy fe faire craindre d'eux, & dequoy les contraindre à leur accorder une paix glorieufe. C'eft depuis ce temps-là que ces peuples qui n'avoient pas feulement les Efpagnols pour adverfaires , qui fembloient avoir à combattre la Mer & la Terre dans leur

propre pays, ont acquis malgré tant d'obftacles
une puiſſance confiderable , & ont commencé à diſputer de bonheur & de richeſſe avec la
pluſpart de leurs voiſins. Cela ſe peut dire ſans rien
adjoufter à la verité , puiſque la Compagnie des
Indes Orientales qu'ils ont parmi eux , eſt le
principal fouftien de leur Eftat, & la plus ſenſi-
ble cauſe de leur grandeur. Cependant, qui auroit pû croire que l'union de quelques marchands
qui s'aviſerent de voyager aux Indes en 1595 ,
& qui ne formerent leur grande Compagnie que
ſix ou ſept ans aprés , euſt pû s'éleuer à ce haut
degré d'opulence, où nous ſçavons maintenant
qu'elle eſt arrivée ? On ſçait les profits que ſes
intereſſez ont touché annuellement , & qui ont
eſté le plus ſouvent de trente ou trente-cinq pour
cent, & quelquefois de davantage. On ſçait toutes les deſpenſes qu'il luy a fallu faire en diverſes
occaſions ; & tout cela déduit, lors qu'en 1661
on fit un eftat general des biens de la Compagnie ; lors qu'on eut ſupputé ce qu'elle pouvoit
avoir d'argent comptant ; qu'on eut dreſſé un inventaire des riches marchandiſes dont ſes magazins regorgent ; qu'on eut eſtimé à peu prés ce
que valent ſes vaiſſeaux, ſes canons & ſes autres
equipages , l'aſſemblage de toutes ces choſes éva-
lüées , produiſit une ſomme ſi exceſſive , qu'elle ſurpaſſoit preſque toute ſorte de creance. Et
neantmoins, on ne faifoit point entrer en compte

que cette Compagnie poſſede encore plus de terre dans les Indes, que les Eſtats de Hollande
n'en poſſedent dans la baſſe Allemagne ; & c'eſt
ce qui luy donne le moyen d'entretenir ordinairement quatorze ou quinze mille hommes de guerre pour conſerver ſes places, outre les matelots
& les autres perſonnes qu'elle employe de tous
coſtez, qui ne font guere moins de quatre-
vingt mille hommes qui ſubſiſtent tous par ſon
moyen. Vne ſi grande richeſſe, qui eſt venüe de
ſi petits commencemens, paſſeroit abſolument
pour fabuleuſe, ſi nous n'en eſtions convaincus
par nos propres yeux, & par l'experience qui
nous fait voir, que maintenant les Hollandois
font les plus pecunieux peuples de l'Europe, &
que l'argent eſt ſi commun dans leur pays, que
les heritages s'y achetent à plus haut prix qu'en
pas un lieu du monde. De façon qu'une Terre en
fief en Hollande ſe vend ordinairement au denier ſoixante, les Terres en roture au denier cinquante, & l'argent s'y preſte à trois pour cent,
c'eſt à dire au denier trente-trois, tant il eſt vray
que parmi eux l'argent eſt à meilleur marché que
les autres biens. Ce qui ne leur vient point des
paſturages qu'ils font dans leurs marais deſſechez,
ni de la culture de leurs autres terres qui ne font
pas trop bonnes, mais de leur ſeul trafic, &
principalement de celuy des Indes Orientales.
  Les Anglois s'aviſerent du meſme deſſein preſque

en mefme temps , & formerent auffi une Compagnie à Londres pour la navigation des Indes Orientales. Cette Compagnie fit partir quatre vaiffeaux dés l'an 1600, & le fuccés fut tel, qu'en peu de temps on compta jufqu'à vingt flottes qu'elle y avoit envoyées. Le Roy d'Angleterre protegea puiffamment ces nouveaux affociez, & en 1608 il envoya Guillaume Haukins en qualité de fon Ambaffadeur vers le grand Mogol, pour les faire joüir de la liberté du Commerce, malgré les obftacles que les Portugais & les Hollandois tafchoient d'y apporter. En 1615 il y renvoya encore Thomas Rhoë, & en d'autres années il envoya divers Ambaffadeurs aux Rois du du Iapon pour le mefme fujet. Et ceux-cy ménagerent fi bien l'efprit de ces Barbares, qu'ils en obtinrent tout ce qu'ils defiroient, & que les Hollandois mefmes pour eftre bien venus dans le Iapon, difoient qu'ils eftoient Anglois. La Compagnie obtint auffi de grands privileges dans les Eftats du Roy de Perfe en confequence du fecours qu'elle luy donna contre les Portugais pour le fiege d'Ormuz ; Mais il euft efté à fouhaiter pour elle, qu'elle euft trouvé autant de fidelité dans l'execution, que do facilité dans les promeffes. Quoy qu'il en foit, cette Compagnie s'eft rendüe fort puiffante dans les Indes, où elle a maintenant divers comptoirs fous deux Directeurs principaux ou Prefidens, dont

l'un fait fa refidence à Surat, & l'autre à Bantam ; &
c'eft par leur authorité que toutes leurs affaires de
ces quartiers-là fe conduifent. Ainfi l'induftrie & la
valeur de ces peuples a eftabli & maintenu leur
Commerce ; Et bien que leurs ennemis ayent fait
les derniers efforts pour les deftruire, & en foient
venu jufqu'à une guerre ouverte & tres-fanglan-
te, ils n'en ont remporté le plus fouvent que de
la honte, & ne les ont point empefchez de continuer leurs navigations, dont ils n'avoient pas
droit de les exclure.

Les Danois ont auffi voulu prendre part à ces
voyages celebres, encore qu'ils ne faffent pas un fi
grand trafic dans les Indes que les autres, & n'y
paroiffent pas avec des flottes fi nombreufes. Mais
ils n'ont pas laiffé d'y avoir quelque habitation, &
d'y envoyer des vaiffeaux de temps en temps. Leur
negoce fe fait d'ordinaire dans le Golfe de Bengale,
fur les coftes de Pegu, & dans quelques Ifles du
Sud, où mefme ils font fort redoutez.

Enfin, le fameux Guftave Adolf Roy de Suede
crut qu'il eftoit de fa grandeur que fes peuples vi-
fitaffent auffi les Indes Orientales, & les autres parties du Monde ; Et dans le moment que ce Prince
qui rouloit dans fon efprit de fi vaftes penfées, fe
preparoit pour entrer dans l'Allemagne, & machi-
noit la ruine de la maifon d'Auftriche, il projettoit
de faire une Compagnie en Suede pour ces grandes Navigations, & invitoit fes fujets de s'y

intereſſer, comme il paroiſt par ſes Lettres patentes données à Stocholm le 14 Iuin 1626. Mais la guerre d'Allemagne qui ſurvint peu aprés, & ſa mort precipitée, ne luy permirent pas de voir l'accompliſſement de ce deſſein , qui a eſté renouvellé depuis.

Aprés cela les François ſe peuvent-ils diſpenſer de ſonger à une entrepriſe qui a paru à tous les Peuples également utile & glorieuſe ? Et ſi nos deſordres precedens ont pû ſervir d'excuſe à noſtre negligence ſur ce ſujet, noſtre tranquillité preſente ne la feroit-elle pas condamner à l'avenir ? Nous aurions tort à la verité d'envier à nos voiſins des richeſſes qu'ils ont acquiſes par des moyens honneſtes & permis à tous les hommes : mais nous aurions tort de ne vouloir pas embraſſer les meſmes moyens, quand ce ne ſeroit que pour conſerver noſtre bien, qui devient la recompenſe de leurs travaux, tandis que la pluſpart du peuple demeure inutile parmi nous.

Mais on a de la peine à s'engager dans une entrepriſe nouvelle ; Chacun apprehende de faire la premiere démarche ; On craint toûjours de ne pas rencontrer ce que l'on eſpere. Ces penſées-là ſans doute eſtoient pardonnables aux Portugais, qui voyoient devant eux une Mer immenſe , & qui vouloient paſſer ſous un autre Ciel & ſous d'autres Eſtoilles, ſans connoiſtre la route qu'ils devoient tenir. Cela eſtoit encore pardonnable

aux

aux Hollandois, qui faifoient eftat d'aller dans des contrées où leurs plus mortels ennemis eftoient les maiftres, & où ils avoient plus à craindre les Portugais que les orages ni les Barbares. Mais à prefent que les premiers nous ont frayé le chemin de ces Terres fortunées, & que les autres nous ont détrompé de la crainte de ceux qui y font devant nous, il y auroit de l'aveuglement volontaire, à ne vouloir pas demeurer d'accord des biens qui nous font affeurez, & de la facilité avec laquelle nous les pouvons obtenir. Car que la France ne foit plus puiffante que pas une autre Nation qui trafique dans les Indes, c'eft ce qui ne fe contefte pas. Que les François n'ayent auffi plus de commoditez pour ce trafic, c'eft ce qui ne fe peut encore contefter, fi on confidere que nous poffedons déja au delà du Cap de bonne Efperance, la plus grande Ifle de toute cette Mer, je veux dire l'Ifle de S. Laurens ou de Madagafcar, qui n'a pas moins de fept cens lieües de tour, & qui d'ailleurs eft dans le climat le plus doux de toutes les Indes. L'air y eft fi temperé, qu'on y peut eftre toûjours veftu des mefmes habits que nous portons au Printemps, & l'experience a fait connoiftre à plufieurs, qu'il fait icy des chaleurs plus incommodes que les plus grandes de ce pays-là. La terre y eft admirable pour toutes fortes de grains & d'arbres, & ne demande qu'à eftre cultivée pour eftre

C

merveilleufe. Il n'eft point neceffaire comme aux
autres Ifles, d'y apporter des vivres pour y faire
fubfifter les Colonies, on y trouve de toutes
chofes en abondance, & le pays en produit non
feulement affez pour nourrir fes habitans, mais
affez encore pour en faire part à d'autres peuples.
Les eaux y font excellentes, les fruits delicieux,
& l'on peut dire fans exaggeration, qu'il eft aifé
d'en faire un vray Paradis terreftre. Elle a outre
cela des mines d'or fi abondantes, que durant les
grandes pluyes & ravines d'eaux, les veines d'or
fe defcouvrent d'elles-mefmes le long des coftes
& fur les montagnes. Elle eft peuplée de gens
d'humeur affez traitable, & que l'on employeroit
en toutes fortes de fervices, pourveu qu'on les
gouvernaft doucement. Ce font des hommes qui
font humbles, foufmis, & qui ne reffemblent
pas aux peuples des Pays & des Ifles plus avan-
cées dans les Indes, qui pour quoy que ce foit au
monde ne fe veulent affujettir au travail ; Au
contraire, ceux-cy s'y plaifent, & prennent plaifir à voir travailler les Chreftiens. Le Pays eft
partagé entre plufieurs petits Rois, qui fe font la
guerre les uns aux autres, & qui par leur difcorde
nous donneroient un moyen facile de nous efta-
blir puiffamment parmi eux. Delà on peut trafiquer fans peine dans toutes les Indes, à la Chine, au Iapon, & encore plus commodément
fur les coftes d'Ethiopie, & dans les terres de

l'Empereur des Abiſſins, dont le commerce eſt
preſque inconnu ; à Sefola , où ſont les mines
d'or les plus riches de toute la Terre ; à Quama ,
à Melinde , dans la Mer rouge , & dans tout le
Golfe Perſique. En un mot, il n'y a pas de lieu
plus propre pour faire un magazin general des
marchandiſes que l'on feroit venir de tous coſtez
pour eſtre apportées dans l'Europe. Cela n'em-
peſcheroit pas pourtant que nous ne pûſſions
encore nous eſtablir en pluſieurs autres endroits,
& où il ſeroit le plus à propos pour le bien de
nos affaires ; Et il y a tel lieu qui n'eſt occupé de
perſonne, & que l'on dira en temps & heure, dont
nous pourrions nous ſaiſir , & où l'on feroit le
plus grand commerce qui ſe ſoit jamais fait. Il
ne tiendra donc qu'à nous de profiter de tant de
circonſtances favorables , & de ne pas laiſſer pe-
rir entre nos mains de ſi notables avances. Nous
admirons la bonne fortune de nos voiſins ; elle
le merite ; Mais nous ne devons pas l'admirer
oiſivement ; Il faut que cette penſée ſe termine
par une emulatiõ honneſte, puiſque tant de choſes nous promettent un ſuccés égal ou plus grand
encore. Auſſi bien toute la Terre n'eſt pas con-
nuë ; Il reſte de vaſtes Regions a deſcouvrir ; Il
reſte dequoy faire avoüer aux eſtrangers, que s'ils
ont eu le bonheur d'aller devant nous , nous
pouvons avoir la gloire d'aller plus loin qu'eux.
Mais, comme j'eſtime qu'il ſeroit neceſſaire pour

reüffir dans ce grand deffein, de former parmi nous une Compagnie pour la Navigation des Indes Orientales à l'exemple des autres peuples, Et qu'il faut donner cet honneur aux Hollandois, que celle qui eft parmi eux, eft la plus riche & la mieux entenduë de toutes celles qui s'en font jamais meflées, il eft bon de confiderer de quelle maniere cette Compagnie s'eft formée, & quels ont efté fes progrés : afin que chacun juge fi nous avons lieu de douter de ce que nous devons faire aprés ce qu'ils ont fait.

La guerre des Efpagnols contre les Hollandois ayant ruiné une partie du commerce de cette Nation, fans lequel elle auroit eu peine à fubfifter, quelques Marchands de Zelande s'affocierent entre eux en 1592, pour aller trafiquer dans les Indes Orientales, & particulierement aux lieux où les Portugais n'avoient point d'habitudes. Mais pour eviter les incommoditez que l'on trouve auprés de la Ligne, ils refolurent de chercher un paffage vers le Nort, afin d'aller le long des coftes de la Tartarie & du Cathay, & de là defcendre dans la Chine & dans les Indes. Mais ce voyage leur ayant mal reüffi, ils s'affocierent en fuite avec quelques Marchands d'Amfterdam, qui tous enfemble equiperent une petite flotte de quatre Vaiffeaux, qu'ils envoyerent aux Indes par la route ordinaire, fous la conduite d'un nommé Corneille Aoutman, qui

avoit demeuré long-temps à Lisbone , où il
avoit appris des Portugais le secret de cette Navigation ; Et ils partirent en 1595, & ne revinrent
qu'au bout de deux ans & quatre mois , sans
rapporter aucun profit. Cette petite disgrace
n'empescha pas qu'en mesme temps il ne se for-
mast une seconde Compagnie dans la mesme
ville d'Amsterdam , & ces deux Compagnies
s'unirent aussi , & equiperent ensemble une flotte de huit Vaisseaux , qui partit en 1598 , pendant
qu'une troisiesme Compagnie equipoit en Zelande pour le mesme dessein. En l'année 1599,
quelques autres Marchands d'Amsterdam , la
pluspart Brabançons , formerent encore une
Compagnie separée de toutes les autres, laquelle
envoya aussi quatre Vaisseaux aux Indes. En
1600, cette derniere Compagnie equipa de nouveau deux Navires lesquels se joignirent à six autres de la premiere Compagnie , & ces huit Vaisseaux estant partis , les Interessex de ces deux
Compagnies, sans attendre leur retour, equiperent 13. Vaisseaux, à sçavoir la premiere Compagnie neuf , & la derniere quatre , & cette flotte
partit au mois d'Avril 1601, & son premier voyage luy fut assez utile pour y trouver un fond
pour faire un second equipage. Il y eut alors
des Marchands de Rotterdam & de Nort-Hol-
lande , qui formerent des Compagnies separées,
Et ainsi il y avoit à craindre qu'elles ne se rui-

naffent les unes les autres ; C'eft pourquoy Meffieurs les Eftats prevoyant les defordres que cette divifion pourroit produire, les convierent d'u-
nir tous leurs interefts enfemble, & d'envoyer des
Deputez à la Haye , pour tafcher à ne former
qu'une feule Compagnie. Tous les Intereffez ac-
quiefcerent à cette propofition, & ainfi il fe for-
ma une Compagnie generale pour la navigation
des Indes Orientales, laquelle on obtint l'octroy
ou le privilege de Meffieurs les Eftats, portant
defenfes à tous les autres habitans de ces Provinces, de trafiquer dans toutes les Indes, depuis le
Cap de bonne Efperance jufqu'à l'extremité de
la Chine, & ce privilege leur fut accordé pour
vingt & un an, à commencer du vingtiefme
Mars 1602. Par cet octroy il eftoit permis à toutes perfonnes d'entrer dans la Compagnie pour
telle fomme d'argent que l'on voudroit, pourveu que l'on fe declaraft dans cinq mois, aprés
lefquels on n'y recevroit plus qui que ce foit.
Dans cet efpace de temps il s'amaffa un fond
de fix millions fix cens mille livres monnoye du
pays , qui font fept millions neuf cens vingt
mille livres monnoye de France, & perfonne depuis n'a efté receu de nouveau dans la Compagnie, à moins que d'avoir acheté la pars de quelqu'vn des premiers Intereffez, ce qu'ils appellent
acheter une action. Il fut auffi alors fait plufieurs Reglemens pour maintenir l'ordre , &

conserver les interests de chaque particulier, lefquels furent expliquez dans cét octroy. Cepend-
dant, comme il expiroit au mois de Mars 1623,
il fut alors continué pour vingt & un an encore,
& en 1643, moyennant une gratification de seize
cens mille livres qui furent donnez à l'Estat, il
fut renouvellé pour vingt sept ans, & maintenant
on poursuit la mesme continuation de privilege
pour pareil nombre d'années.

Ce premier fond de six millions six cens mille
livres monnoye du pays, fut employé à l'equipage d'une flotte de quatorze Vaisseaux, qui partit au mois de Fevrier 1603, & d'une autre de
treize qui partit au mois de Decembre de la
mesme année. Iusques-là il n'y avoit point eu de
profit pour les Interessez durant qu'ils avoient
esté divisez en Compagnies particulieres, parce
que tout ce qu'ils pouvoient gagner, estoit toûjours employé à de plus forts équipages. Mais au
retour de ces deux flottes, il se trouva tant de
profit, qu'en 1605 les Interessez toucherent quinze pour cent ; en 1606 soixante & quinze pour
cent, de sorte qu'il ne s'en falloit que dix pour
cent, qu'ils ne fussent remboursez de tout leur
fond. Cependant la Compagnie ne laissoit pas
de faire de grands equipages, elle traittoit avec
les Rois des Indes, elle y bastissoit des forteresses,
elle avançoit ses conquestes de tous costez ; &
nonobstant toutes ces despenses il se trouva

qu'au mois de May 1613. chacun avoit esté rem-
boursé de son principal, & avoit outre cela cent
soixante de profit : c'est à dire par exemple, que
celuy qui avoit mis en 1602. quatre mille francs
dans le fond de la Compagnie, avoit receu en
1613. dix mille quatre cens livres de profit, & ne
laissoit pas d'avoir encore sa part toute entiere
au fond de la Compagnie. Et ce profit à si bien
augmenté depuis, qu'il y a peu d'années où les
Interessez n'ayent touché trente pour cent, ou
environ. En 1661. ils tirerent quarante pour cent.
L'année 1662 il ne se fit point de distribution, à
cause des quatre Navires qui perirent, & dont
on n'a point encore eu de nouvelles, & de plus à
cause des despenses extraordinaires qu'il fallut
faire pour le siege de Cochin. Mais en 1663. ils
ont receu trente pour cent.

La Compagnie de dix ans en dix ans fait un
inventaire general de tous ses effets, & par celuy
qui fut fait en 1661. Elle se trouva en possession
de ces richesses immenses que nous avons dites.

Cette Compagnie n'a pas seulement enrichi les
particuliers, mais les avantages que le Corps de
la Republique en a retirez & en retire continuel-
lement, ne se peuvent presque estimer. Premiere-
ment, toutes les Marchandises qu'elle amene des
Indes dans les ports des Estats, payent des droits
qui sont tres-grands, & qui montent pour le
moins à sept pour cent ; dautant que toutes ces
Marchandises

Marchandifes, avant que d'eftre apportées en France, font defchargées en Hollande, & avant que
de revenir à nous, elles ont payé en Hollande les
droits d'entrée & de fortie, qui montent à fix
pour cent, & encore un pour cent pour les
droits du convoy, qui font fept pour cent, qui
demeurent purement au proffit de la Republique;
Ce qui n'empefche pas qu'il ne coufte encore,
deux pour cent pour la facture, avec les frais de la
charge & du fret. Tellement que c'eft au moins
douze pour cent que les Marchandifes des Indes
nous couftent plus qu'elles ne feroient, fi nous
les allions querir nous mefmes. D'où il s'enfuit,
que nos Negocians, en prenant le mefme profit
fur ces Marchandifes que fait la Compagnie de
Hollande, ils ne laifferoient pas de nous pouvoir
faire douze pour cent de meilleur marché que
les autres, parce que ces Marchandifes viendroient
chez nous en droiture, & n'auroient point payé
les droits qu'elles payent pour avoir paffé en Hollande, ce qui enleve tous les ans de grandes fommes d'argent de la France, où il fe confume plus
du tiers de tout ce que les Hollandois rapportent
des Indes.

Le fecond avantage que les Eftats retirent de
cette Compagnie, eft, qu'à tous les renouvelle-
mens d'octroy elle fait un prefent confiderable,
& la derniere fois, comme nous avont dit, elle
donna feize cens mille livres. En troifiefme lieu,

elle fait fubfifter plus de quatre-vingt mille hommes, la plufpart defquels fans cela feroient à charge à l'Eftat. La derniere & la plus importante
confideration, c'eft, que cette Compagnie en
affoibliffant le Commerce des Portugais qui ont
efté long-temps fous l'obeïffance du Roy Ca-
tholique, a affoibli la Monarchie Efpagnole, dont
elle avoit tout à craindre, & s'eft par ce moyen
preparé le chemin à la paix.

Il s'equipe tous les ans pour ce voyage douze
grands vaiffeaux du port depuis huit cens tonneaux iufqu'à quatorze cens, lefquels partent en
diverfes faifons, & il en revient autant ou environ chaque année precifément à la fin de Iuin,
au devant defquels la Compagnie & les Eftats
envoyent dés le mois de May plufieurs vaiffeaux
de guerre tant pour les efcorter, & les defendre des entreprifes de leurs ennemis, que pour
leur porter des rafraifchiffemens, & faire entrer des gens frais dans ces vaiffeaux qui retournent, felon le befoin qu'ils en ont. Au refte
la principale place de cette Compagnie dans les
Indes s'appelle Batavia. C'eft une ville qu'ils
ont baftie dans l'Ifle de Iava Major prés de Su-
matra. Là font leurs magazins, & là ils font l'a-
mas de toutes les chofes qu'ils rapportent en
Europe, & qu'ils tirent de tous les divers pays des
Indes, du Iapon, de la Chine, & des autres
Royaumes. Ils poffedent auffi Colombo dans

l'Ifle de Zeylan, ayant depuis peu conquis cette
ville fur les Portugais, & c'eft dans cette Ifle qu'on
trouve la Canelle, qui fe debite en fuite par tout
le monde. Enfin, ils ont encore plufieurs autres
Places depuis le Golfe de Perfe, iufqu'à l'extremité de la Chine, & il y a long temps que
l'on leur comptoit trente fept magazins dans les
Indes, & vingt fortereffes confiderables.

Pour fe rendre encore le Commerce plus libre
ils entretiennent des agens auprés des Rois de
tous ces quartiers là, comme auprés du Roy de
Perfe, du grand Mogol, des Rois de la Chine,
du Iapon, de la Cochinchine, & plufieurs autres. Voilà iufqu'à quel point de grandeur cette
Compagnie eft parvenuë, & comment la focie-
té de quelques marchands affez mediocres en
biens & en toutes chofes, a heureufement fur-
paffé leurs efperances, & les a menez plus loin
qu'ils ne pretendoient aller.

Mais il n'y a rien qu'une Compagnie de cette
nature ne puiffe obtenir, par vne fidele union,
par une adroite conduite, par un courage inef-
branlable. Cette verité eftant fi claire, & les mefmes avantages nous eftant offerts, pouvons-nous
nous empefcher de nous en prevaloir, à moins
que d'avoüer que nous-mefmes nous croyons
manquer, ou d'union, ou d'adreffe, ou de courage ? Que ce reproche tombe fur le courage,
cela n'eft pas à craindre. Sur l'adreffe, cela feroit

faux; Car pour ne parler maintenant que de la
Navigation, il eſt certain que nous avons les
meilleurs hommes de mer qu'on puiſſe deſirer,
& les Hollandois meſmes ſe ſeruent le plus ſouvent de François ſur leurs vaiſſeaux, & s'en
trouvent mieux que de leur gens propres. Sur
l'union; Oüy ſans doute, c'eſt cela, il ne le faut
pas diſſimuler, c'eſt ce qui nous manque, &
c'eſt un defaut de noſtre Nation, qui merite le plus
que nous prenions ſoin de l'en corriger. Et de
vray, quelle honte que nos François qui ſont les
peuples du monde les plus polis; chez qui la Valeur, la Magnificence, la Bonté naturelle, la Ci-
vilité, la Doctrine, les beaux Arts, ſemblent
avoir choiſi leur principale demeure; Que ces
peuples, diſ-je, ayent tant de peine à ſe ſouffrir
les uns les autres, que leur union ſoit ſi difficile,
leurs ſocietez ſi inconſtantes, & que les meilleures affaires periſſent entre leurs mains, par je ne
ſçay quelle fatalité de cette nature, ſans laquelle il ſeroit preſque impoſſible de leur reſiſter?
Quand les Hollandois commencerent leur Compagnie, il ſe trouva des gens de mediocre con-
dition, qui vendirent juſqu'à leurs meubles,
pour contribuer à l'acheuement du fond neceſſaire, parce qu'ils croyoient qu'il en devoit revenir beaucoup de gloire & d'utilité à leur Patrie; Et les François qui ont tant d'excellentes
qualitez, n'auroient point de zele maintenant pour

l'honneur & pour le bien de leur pays ; Ie m'af-
feure que cela n'arriuera pas ; & puifque nous
voicy dans ce fiecle merveilleux qui doit apporter du remede à tous nos maux, & rendre toutes
chofes nouvelles , il faut effacer jufques aux
moindres veftiges de cette ancienne tache, & faire
voir deformais par une conftante liaifon entre
nous, & par un veritable amour du bien public,
que noftre grand & incomparable Monarque a
perfectionné fon peuple, & luy a infpiré une
vertu qu'il n'avoit pas encore. Que faut-il donc
faire, me demandera-t-on ? Il faut en premier
lieu, comme nous avons déja dit, former une
Compagnie ou Société de plufieurs perfonnes,
qui contribuëront unanimement à l'execution de
noftre Entreprife, & qu'on pourra appeller pour
cette raifon la Compagnie Françoife pour le
Commerce des Indes Orientales. Il faut en
fuite equiper une Flotte, & aller defcendre droit
dans noftre Ifle de Madagafcar, où nous ne trou-
verons aucune refiftance, & commencer à y faire un grand eftabliffement, qui fera fouftenu par
de fortes Colonies que l'on continuera d'y envoyer. Il faut faire eftat de n'y mener que des
hommes de courage & de bonnes mœurs, & non
point des criminels rachetez du gibet ou des ga-
leres, ni des femmes perfecutées pour leur def-
bauche. Vne partie de ces gens s'occupera à cultiver la terre, qui fera d'un tres-grand rapport,

D iij

tandis que les autres fe rendront maiftres des principaux Poftes du pays , & s'affeureront des Ports, parmi lefquels il y en a plufieurs qui peuvent facilement contenir deux ou trois cens vaif-feaux ; qui y feront à l'abry de tout vent. Et ce fe-ra là comme les preliminaires de noftre grand Commerce. Ie fçay bien que quelques uns ju-geant legerement de cette propofition , s'en dé-goufteront d'abord, & diront que les François ont efté desja à Madagafcar fans y rien faire , & que le fieur Flacourt qui a efté Directeur de la Compagnie qui s'eftoit faite alors, le donne affez à connoiftre par la relation qu'il en a publiée. Quoy donc, eft-ce la premiere fois qu'une chofe qui a manqué dans vn temps, n'a pas laiffé de reüffir dans vn autre ? L'Hiftoire n'eft-elle pas pleine de grandes entreprifes qui n'ont efté achevées qu'aprés plus d'vne tentative ? Les premiers Efpagnols qui demeurent dans les Ifles de l'Amerique , y furent tous tuez, & ce malheur n'empefcha pas qu'on n'y en remenaft dautres. Les Anglois ont veu ruiner quatre ou cinq fois leurs Colonies dans la Virginie, & cela ne les en a pas chaffez. Et pour nous fervir encore de l'exemple des Hollandois , le premier pas qu'ils firent pour ce voyage des Indes, dont ils cher-choient vne route nouvelle, leur reüffit tres-malheureufement. La feconde fois ils y furent, mais ils en revinrent fans profit. Se rebuterent-

ils de cela? Nullement; Ils y retournerent, une
troifiefme, une quatriefme fois, & recueillirent
enfin avec ufure les fruits de leur perfeverance.
Mais il y a quelque chofe de plus à dire en cette
occafion, il faut que tout le monde fçache, qu'il
y a bien de la difference entre l'affaire où le Sieur
Flacourt a efté meflé, & celle dont il eft que-
ftion. Il y a bien de la difference entre une Compagnie formée par quelques particuliers en petit
nombre, & qui n'avoient pas fourni tout le fond
neceffaire pour l'accompliffement d'un fi grand
deffein, & la Compagnie que l'on pretend faire
maintenant. Car aprés tout, il y a lieu d'efperer,
que le Roy qui a tant d'affection & de tendreffe
pour fes Sujets, confiderant les notables utilitez
que cette entreprife apportera à fes Eftats, l'ap-
puyera puiffamment, & y entrera mefme pour
une part confiderable. Et ainfi, il n'y a point de
confequence à tirer de ce qui s'eft paffé du temps
du Sieur Flacourt, à ce qu'on defire faire maintenant. Cependant le mauvais eftat où il s'eftoit
trouvé alors, par l'abandonnement des intereffez de fa Compagnie, n'a pas empefché qu'il n'ait
toufiours dit, & qu'il ne l'ait mefme declaré pu-
bliquement par un efcrit fait exprés, & imprimé
au bout de fa relation, que fi on faifoit un eftabliffement confiderable dans Madagafcar, qu'on
le commençaft avec vigueur, qu'on le pourfui-
vift avec foin, il nous en reviendroit une vtilité

inconcevable, attendu la bonté & la fertilité du
pays, l'humeur facile & laborieuse des habitans,
& la situation avantageuse de cette Isle pour le
commerce. Et cela nous est confirmé par tant de
tesmoins de toutes Nations qui en sont fraische-
ment revenus, Flamands, François, Hollandois,
Anglois; que c'est apporter une resistance opi-
niastre à la verité, que de n'en pas demeurer d'accord. Et toutesfois, le sieur Flacourt ne souhai-
toit autre chose pour bien reüssir, sinon que tous
les ans on fist partir de France un grand Navire
pour envoyer à Madagascar; Que devons-nous
donc esperer, nous qui parlons d'y en envoyer
tout d'un coup quatorze ou quinze? Il souhait-
toit qu'on y fist passer cinq cens hommes; Nous
parlons d'y en mener cinq ou six mille. Il n'o-
soit presque proposer la despence d'un equipage
de cent cinquante mille livres; Nous songeons à
l'employ de plusieurs millions. En un mot, il ne
raisonnoit que sur le pied d'vne Compagnie de particuliers; Nous parlons d'en faire une, dans laquelle il y a lieu d'esperer que le Roy mesme voudra
bien entrer, & y donner par sa participation royale
un certain caractere que nul autre ne luy peut
donner. Ce qui fait voir que nous avons bien
d'autres pensées que luy, & que nous serons en
estat d'eslever nos affaires jusqu'à vn point de
grandeur qu'il n'auroit pas osé seulement imaginer. Quoy qu'il en soit, on peut dire de l'Isle de
Madagascar,

Madagaſcar, que pour peu que nous prenions ſoin de nous y fortifier, nous aurons non ſeulement une place, mais pluſieurs, qui ſeront d'un prix ineſtimable, & qui vaudront mieux que tout ce que poſſedent les Hollandois dans les Indes, ſoit qu'on regarde les lieux en eux-meſmes, ſoit qu'on les conſidere pour la facilité du trafic. En effet, on ne peut pas nier que cette habitation ne fuſt incomparablement plus commode, & plus ſeure, que celle de Batavia dans l'Iſle de Iava, où les Hollandois ont eſtabli leur principale reſidence. Plus commode, parce que Madagaſcar eſt tres-agreable, dans un climat fort doux, & a de tout ce qui eſt neceſſaire à la vie. Au contraire, autour de Batavia il ne ſe recueille preſque rien, & il faut que la Compagnie y faſſe venir de loin du ris, de la viande, & autresvivres neceſſaires pour vingt-cinq ou trente mille perſonnes, ce qui ne ſe peut faire qu'avec de grands embarras & de grands frais. Plus ſeure, parce que l'Iſle de Iava eſt peuplée de Nations brutales, vaillantes & aguerries, qui ne ſouffrent rien, & qui faiſant profeſſion de la Loy Mahometane, haïſſent & mépriſent les Chreſtiens. D'un coſté les Hollandois confinent avec le Roy de Mataran, qui les eſt venu parfois aſſieger avec cent mille hommes. D'autre coſté ils ont pour voiſins ceux de Bantam, qui ne ſont éloignez de Batavia que de douze lieuës, & qui ont ſouvent fait la meſme

E

chofe que le Roy de Mataran. Au contraire,
tous les habitans de Madagafcar font bonaces,
& font paroiftre beaucoup de difpofition à recevoir l'Evangile ; tellement que l'on fe peut tenir
plus affeuré avec cent hommes dans Madagafcar, qu'avec mille & davantage dans Iava. Mais
ce n'eft pas tout, & fi noftre habitation eftoit
plus feure & plus agreable que celle des Hollandois , on peut dire encore que le trafic s'y exer-
ceroit avec beaucoup moins de peine. Car il
faut fe reprefenter une autre incommodité
qu'éprouvent les Hollandois pour avoir fait leur
magazin general à Batavia , car comme cette
place eft extremement avancée dans les Indes,
& trop mefme , il arrive de là que leurs navigations en font plus longues, plus perilleufes , &
qu'ils font beaucoup de chemin inutile. Et de
fait, quand ils font arrivez à la veuë de Madagafcar, ils ont encore plus d'un tiers du chemin
à faire, avant que de fe rendre à Batavia. Cependant quand ils y font , il faut qu'ils reviennent
fur leurs pas, & auec les mefmes vents qui les ra-
meneroient en Europe, afin d'aller trafiquer dans
le golfe de Bengale , fur les coftes de Coroman-
del & des Malabares; à Zeylan , à Surat, dans le
Sein Perfique , & fur les coftes d'Æthiopie. Puis
il faut qu'ils retournent porter leurs marchandifes à Batavia , où il font leurs cargaifons pour
la Hollande. Si bien que la fituation de cette

place eſt cauſe qu'ils font deux ou trois fois un
meſme chemin, au lieu que nous n'aurions point
cette peine en faiſant noſtre principal magazin
à l'Iſle de Madagaſcar ; puiſque eſtant là, quelque part que nous voulions aller, ſoit que nous
trafiquions du coſté de la Mer rouge, ſoit que
nous entrions dans le golfe de Bengale, ſoit que
nous paſſions vers la Chine & le Iapon, & dans
les Iſles les plus reculées, nous ne ferons point
de chemin mal à propos. Quand nous aurons
fait nos achapts en tous ces lieux, & que nous
rapporterons nos marchandiſes à Madagaſcar,
nous n'aurons pas fait vne heure de chemin qui
ne nous rapproche de noſtre pays ; Il n'y aura
que le mauvais temps qui nous puiſſe retarder,
& nous ne pourrons pas imputer la longueur de
noſtre voyage à des deſtours inutiles. Adjouſtez
encore, qu'en venant à Madagaſcar, ce ſera vn
entrepos admirable, où nos gens ſe pourront
rafraiſchir ſi long-temps qu'il leur plaira, & re-
prendre de nouvelles forces pour achever leur
voyage ; Au lieu que les Hollandois, aprés eſtre
partis de Batavia, ne joüiſſent point d'un pareil
ſoulagement dans toute la route, ce qui eſt
cauſe qu'aprés cette navigation qui dure ordinairement ſept mois, ils ſont ſi fatiguez, qu'il
leur faut beaucoup de temps pour ſe remettre.
Et pour dernier inconvenient, dont nous ferons encore exempts, lors qu'ils ſont arrivez

dans nos mers, comme ils n'ofoient paſſer par
la Manche, à cauſe des differents qu'ils ont
ſur le fait des meſmes Indes avec les Anglois,
ils ſont obligez de continuer leur route vers le
Nort, & de paſſer au deſſus de l'Irlande & de
l'Eſcoſſe, pour revenir tomber dansleur pays par
laMer Germanique, ce qui augmente leur voyage de quatre ou cinq cens lieuës, & eſt cauſe
que la Compagnie, outre les gages ordinaires
des Matelots & des Officiers, leur donne à chacun trois mois de ſolde d'augmentation. Tellement qu'on peut dire avec verité, qu'aprés avoir
eſſuyé toutes les chaleurs de la Zone torride, ils
ſont contraints de venir combattre contre le
froid du Nort, avant que de ſe pouvoir rendre
chez eux. Et comme ce ſont autant de retarde-
mens à leur navigation, qui la rendent plus
perilleuſe & d'une plus grande deſpenſe, il ne
faut pas douter que la Compagnie ne faſſe ſon
compte là-deſſus, & qu'elle n'en mette ſes marchandiſes à plus haut prix. Quoy qu'il en ſoit,
il paroiſt maintenant que ce que i'ay avancé
eſt tres-vray, ie veux dire, que la demeure de
Madagaſcar eſt preferable en tout, à celle
que nos voiſins ont dans l'Iſle de Iava, & par
conſequent que nous ne la devons point negliger. Enfin, s'il faut nous alleguer nous-meſmes
nos François ne font point de difficulté de s'aller
habituer dans les Iſles de l'Amerique, comme

dans S. Chriftophle, dans la Martinique, dans la
Gardeloupe, & autres, où ils font plus de trente
mille perſonnes, & cependant ce font des lieux
où ils ne ſçauroient ſubſiſter ſans ſecours, & où il
faut que les Hollandois & les Anglois, avec qui
ils trafiquent, leur portent du pain, du vin, de
la viande, & leur amenent des Eſclaves pour
cultiver leurs terres, ſans quoy ils n'y pourroient
paſſer deux années de ſuite, que la faim & mille
autres miſeres ne les contraigniſſent d'en ſortir.
C'eſt ce qui eſt cauſe que l'Angleterre & la
Hollande enlevent tout leur Sucre, leur Tabac,
leur Indigo, & nous les viennent revendre bien
cher, de façon que la France ne reſſent en verité aucune douceur de leur travail. Cela eſtant
donc, pourrions nous donner de plus claires mar-
ques d'une entiere preoccupation, que d'envoyer
les Colonies en des pays où il y a quelques incommoditez à ſouffrir, & d'avoir du dégouſt
pour une Iſle tres-grande & tres-abondante; où
l'on trouve tout à ſouhait; où l'on peut eſtablir
un ſi grand Commerce? Et cela, parce que le
Sieur Flacourt n'y a pas eſté heureux; parce que
cent ou ſix-vingt hommes y ont mal reüſſi par la
faute meſme de leurCompagnie; Sans conſiderer
que celle-cy eſt d'une qualité toute differente, &
que c'eſt une entrepriſe digne du grand Monarque, qui aura la bonté de s'y ioindre. On me
demandera ſans doute, ſi ie ſuis avoüé pour le

E iij

dire ſi hardiment. Ie ne me vanteray point d'un pouvoir que je n'ay pas ; Mais je puis dire, qu'il n'eſt point à croire qu'vn Prince auſſi accompli que le noſtre, refuſaſt ſon ſecours à ſes peuples dans vne occaſion ſi importante, & leur monſtraſt moins d'affection, que les Roys d'Angleterre n'en ont teſmoigné à leurs ſujets. On peut dire meſme, que ce que tous les jours il fait, nous reſpond du contraire ; Et quand on conſiderera que ſa Majeſté depuis l'année 1658. a diminué les tailles de ſon Royaume de vingt millions par an ; Que depuis peu de temps il a encore rabaiſſé le prix du ſel ; Que durant la ſterilité de l'année 1661 qui nous menaçoit d'une famine inevitable, il eût la bonté de faire venir à ſes deſpens une quantité prodigieuſe de bleds, qui furent diſtribuez par toutes les Villes, & particulieremét dans Paris, où l'abondance du peuple rendoit le mal plus dangereux ; Quand, diſ-je, on ſe repreſentera toutes ces choſes que nous avons veües, & que nous avons touchées, on n'aura pas de peine à croire qu'il ſe reſolve de contribuer à l'avancement de noſtre Compagnie en toutes manieres. Il ſuffit qu'il ſoit perſuadé que l'eſtabliſſement de ce grand & noble Commerce, ouvrant deſormais vn moyen honneſte & infaillible à tous les François pour acquerir du bien, bannira inſenſiblement ces autres moyens infames qui n'ont eſté que trop en vogue de nos jours. Que cette abondance heureuse pourra ramener la bonne foy dans les affaires, & décrediter les artifices de la chicane, que l'avidité insatiable des gens oisifs a fait monter au dernier comble d'iniquité. Que ce sera une occasion asseurée pour occuper plusieurs personnes qui languissent sans employ, & de qui l'industrie ne paroist pas, faute d'estre exercée. Enfin, que ce sera un remede indubitable pour faire subsister un nombre infini de pauvres qui s'abandonnent à une mendicité honteuse, ou qui cherchent à s'en exempter par des violences criminelles. Ainsi, comme c'est une affaire où il entre autant de l'interest & de l'honneur de l'Estat, qu'il y va du profit des particuliers, il ne faut pas douter que le Roy ne la prenne à cœur, & qu'il ne haste par ses faveurs l'accomplissement d'un dessein si glorieux & si profitable.

Pour y parvenir donc, il faut faire un fond de six millions, qui seront employez à l'equipage de douze ou quatorze grands Vaisseaux, du port depuis huit cens tonneaux jusqu'à quatorze cens, afin de passer un tres-grand nombre de personnes dans nostre Isle de Madagascar, pour en prendre possession de la bonne sorte.

Sa Majesté pourra estre tres-humblement suppliée d'y entrer pour vn dixiesme, & je ne doute point qu'elle ne le fasse tres-volontiers.

Ie suis de plus asseuré, que divers grands Seigneurs du Royaume y entrerót pour les sommes

confiderables , au cas que les Marchands qui
s'uniront d'abord pour cette Compagnie, l'eſti-
ment avantageux; Et je tiens en ce cas, que l'on
peut eſperer d'eux prés de trois millions , ce qui
formera la moitié du fond neceſſaire , & qu'il ne
reſte plus qu'à trouver l'autre. Et c'eſt pour ce
reſte que j'exhorte tous les Marchands , Bour-
geois des Villes , & principallement ceux qui ai-
ment l'honneur de leur Patrie, & qui cherchent
à augmenter leur fortune par de belles voyes ,
d'y ſonger ſerieuſement , & de donner des mar-
ques publiques de leur zele , dont ils recevront
à l'avenir une ample recompenſe.

Pour leur donner plus de courage, j'ay ſujet de
croire avec grand fondement, qu'on pourra obtenir de ſa Maieſté qu'apres s'eſtre engagée du
dixieſme dans le premier armement , elle en
fournira davantage, s'il eſt beſoin , pour le ſecond, le troiſieſme & le quatrieſme.

On pourra auſſi ſupplier ſa Maieſté de remettre à la Compagnie, la moitié des droits d'entrée & doüanes dans toute l'eſtendüe de ſon
Royaume , pour toutes les marchandiſes qui ſe
rapporteront des Indes.

Enfin , ſur ce que j'ay penſé que le Roy voudroit faire paroiſtre en cette rencontre (comme
il fait en toutes les autres)qu'il eſt veritablement
le Pere de ſon Peuple, j'ay conceu ie ne ſçay quelle eſperance , que ſa Maieſté nous accorderoit
volontiers

volontiers de porter fur fa part toute la perte
qui fe pourroit faire dans les huit ou dix premieres années ; Et ce fera par ce grand engage-
ment que chacun verra fi le Roy affectionne veritablement cette affaire, & fi la penfée que j'en
ay euë, n'eft que la vifion d'un homme qui refve
tout éveillé.

Les Particuliers pourront s'intereffer dans la
Compagnie pour telle fomme qu'ils voudront,
jufqu'à ce que le fond foit complet, après quoy
on n'y recevra plus perfonne. Et pour achever
pluftoft ce fond, le Roy fera fupplié de permet-
tre, que les Eftrangers qui defireront entrer dans
la Compagnie, le puiffent faire pour telle fomme
qu'il leur plaira, comme les François mefmes.
Qu'en ce faifant, ils acquerront le droit de na-
turalité, fans qu'ils ayent befoin d'autres lettres,
pourveu qu'ils foient intereffez au deffus de dix
mille liures, au moyen dequoy leurs parens encore qu'Eftrangers, pourront heriter d'eux. Et
afin de pourvoir à leurs plus grande feureté, il
faudra fupplier fa Majefté de leur accorder,
qu'en cas qu'il arrivaft une rupture entre cette
Couronne & les Eftats dont ces Eftrangers feroient fujets, que leurs effets ne pourroient eftre
faifis ni confifquez en confequence de la guerre.

La Compagnie aura fes Directeurs ; & afin
d'ofter le foubçon aux Negocians d'eftre oppri-
mez par les autres intereffez, ces Directeurs fe-

F

ront pris du Corps des Marchands seuls, & tout le fond sera mis entre les mains d'un homme nommé de leur part. Afin aussi d'inviter plus favorablement les Estrangers, & leur tesmoigner la confiance qu'on aura en eux, ils seront advertis qu'ils pourront estre du nombre des Chefs & Directeurs de la Compagnie, pourveu qu'ils y ayent un interest notable, & qu'ils se viennent habituer en France avec leurs familles.

Le Roy sera encore supplié d'accorder que les causes de la Compagnie, tant en demandant qu'en defendant, soient portées en premiere instance dans la Iustice Consulaire la plus prochaine, & par appel au Parlement.

Enfin tous les particuliers qui s'aviseront de quelque chose pour l'avantage de la Compagnie, ou pour la seureté des interessez, seront bien venus à donner leurs avis, qui seront escoutez favorablement, & suivis en ce qui sera de plus expedient. Voila ce que j'ay medité sur ce sujet, & ce qui n'a pas déplû à tous ceux à qui je l'ay communiqué.

Mais la Crainte, & la Deffiance, ces deux passions lasches & qui gelent le cœur, pourront peut-estre arrester & refroidir quelques personnes par de certains raisonnemens mal fondez & qu'il est bon de ne pas dissimuler, afin de détromper ceux qui s'y laisseroient surprendre.

Le premier est tiré de l'incertitude ordinaire

des évenemens, qui eſt le grand lieu commun
des timides. Car on dira , Qu'il n'eſt pas fort
aſſeuré que cette nouvelle Navigation que nous
voulons eſtablir, ait vn ſuccées auſſi heureux que
nous le preſuppoſons. Que nos voiſins eſtant
desja en poſſeſſion du commerce des Indes
Orientales où ils ſont puiſſamment eſtablis , &
les autres Peuples eſtant auſſi accouſtumez
à trafiquer avec eux pour tout ce qui vient de
là , il eſt bien mal-aiſé de les faire revenir à
nous. Qu'enfin ayant de grands Magazins , ils
commanderont peut-eſtre à leurs facteurs de
donner leurs marchandiſes pour un temps à plus
bas prix que nous ne pourrions faire , afin de
nous reduire, ou à tout quitter, ou à vendre à
noſtre perte. A cela il eſt facile de reſpondre
ſuivant les chefs de cette objection. Quant au
premier , j'eſtime qu'il n'entrera jamais dans
l'eſprit d'un homme de courage ; Car ſi nos voiſins ont reüſſi dans cette Navigation, au delà
meſme de leur eſperance, je ne trouve pas qu'il
ſoit raiſonnable de demander ſi nous y reüſſi-
rons, & c'eſt une fauſſe Prudence que d'en douter. Elle a preſque tousjours eſté trompée,
cette mauvaiſe Prudence, qui veut plus de certitude qu'on n'en doit deſirer ; Qui ne ſe con-
tente pas d'une vray-ſemblance authoriſée ; Qui
voudroit tenir ce qui n'eſt pas encore. C'eſt
elle qui fit rejetter les propoſitions du fameux

Chriſtophle Colomb à la pluſpart des Princes Chreſtiens, qui ſans doute ſe trouverent bien ſurpris quand ils en virent l'effet admirable. Les Genois furent les premiers qui les rebuterent. Il en parla inutilement au Roy de Portugal; Il fit ſolliciter vainement le Roy d'Angleterre & le Roy de France meſme , à ce que quelques-vns diſent, & il ne luy auroit de rien ſervi d'avoir eu de favorables audiances de Ferdinand & d'Iſabelle, ſi un particulier n'avoit fait les frais de ſon premier armement, & n'avoit avancé les ſeize mille ducats d'or qui y furent employez. Ainſi l'Eſpagne doit la deſcouverte du Perou à trois particuliers qui s'aſſocierent pour ce deſſein, dont on eut au commencement ſi mauvaiſe opinion , qu'on en parla comme d'vne folie, juſqu'à ce que l'evenement euſt fait voir qu'il ne ſe pouvoit rien faire de plus ſage. Cependant cette defiance avoit alors quelque fondement raiſonnable. La choſe eſtoit veritablement en doute; Mais aujourdhuy, le gain eſt certain; Le profit indubitable ; Le bonheur de ceux qui nous ont devancé reſpond de celuy qui nous attend ; En vn mot, noſtre deſſein ne ſçauroit manquer que par noſtre faute , & dire que l'execution n'en ſoit pas pleinement dans nos mains, c'eſt ſe faire deshonneur , & commetre vn menſonge tout enſemble. Quand au ſecond point de l'objection qui regarde le debit de nos marchandi-

45

fes, c'eſt encore une crainte vaine. Car premie-
rement, la Compagnie ſe peut aſſeurer du debit
de toute la France , puiſqu'elle pourra donner ſes
marchandiſes à dix & douze pour cent meilleur
marché que les Hollandois, ſuivant ce qui a eſté
cy-deſſus prouvé. Ce qui n'eſt pas ſi peu de choſe que l'on ſe le pourroit imaginer, puiſque dans la
France ſeule il ſe conſume un tiers & davantage
de tout ce qui ſe rapporte des Indes. Mais outre cela, je ne ſçay pourquoy l'on ſe figure que les Eſtrangers n'aimeront pas auſſi-toſt acheter de nous que
de nos voiſins , veu que la commodité eſt bien plus
grande pour eux, parce que la France eſt au cœur
de toute l'Europe, & qu'il eſt aiſé d'y arriver de
tous coſtez. Ie diray plus, comme les Eſtrangers
ſont obligez desja de nous venir chercher pour
quatre choſes principales que nous avons en ex-
cellence, & qu'un Italien de grand nom appelle
les quatre pierres d'Aimant, qui attirent en France les autres Nations, ſçavoir les Bleds, les Vins,
le Sel, le Chanvre; Il n'y point de difficulté que
tous ceux qui viendront trafiquer auec nous pour
ces choſes , ſeront bien aiſes tout d'vn temps
de prendre de nos marchandiſes des Indes, s'ils
en ont beſoin , puiſque c'eſt vne commodité
pour eux qui ont des achats à faire, que de trouver en vn meſme lieu tout ce qu'ils peuvent deſirer. Ainſi donc on peut croire, que non ſeulement tout ce que nous apporterons des Indes ne

F iij

nous demeurera point, mais que nous en aurons
un debit plus prompt que les autres, & que par
ce moyen nous ramenerons le grand trafic dans
la France comme il y eſtoit autrefois, avant que
le Portugal euſt trouvé la navigation des Indes
Orientales ; Car alors toutes les marchandiſes de
Perſe & des Indes eſtoient apportées par terre en
Egypte, & de là venoient par mer à Marſeille,
d'où elles ſe diſtribuoient par tout. Et par conſequent il pourra peut-eſtre bien arriver que nos
voiſins, qui ſe font principalement valoir par le
commerce, tenteront toutes ſortes de voyes pour
traverſer le noſtre ; & c'eſt ce qui ſert de fondement au troiſiéme point de l'objection. Il pourra donc arriver, qu'ils uſeront de toute leur adreſ-
ſe pour nous dégouſter, iuſqu'à ſe couper la bour-
ſe eux-meſmes ; Ils donneront peut-eſtre leurs
marchandiſes à meilleur marché durant un temps;
Ils ſacrifieront volontiers un ou deux millions
pour ce ſujet ; Ils feront gayement cette liberalité
qu'ils nous revendroient bien cher en ſuitte.
Mais je laiſſe à penſer ſi cela pourroit continuer
long temps, & ſi l'envie de nous nuire les feroit
reſoudre à ſe ruiner. Aprés tout, ce dommage
qu'ils nous voudroient faire ſouffrir en s'y expo-
ſant eux meſmes, eſt ce qui nous doit le plus
confirmer dans noſtre penſée Ils ne ſont pas
gens à rien faire en vain ; ils ne ſouffriroient point
de perte qu'afin de ſe conſerver à eux ſeuls la

fource de la richeffe. Ainfi, les foins qu'ils pren-
dront pour nous deftourner de cette Navigation,
nous prouvent qu'il y a de grands profits à faire,
& cet inconvenient dont on nous menace, au
lieu d'exciter en nous quelque mouvement de
crainte, doit augmenter noftre refolution & fortifier noftre efperance. Enfin, pour tout dire, fi
nous fommes affez heureux pour obtenir de la
bonté du Roy, qu'il confente que toute la perte
qui pourroit arriver à la Compagnie pendant les
huit ou dix premieres années, tombe fur le fond
confiderable que fa Maiefté aura bien voulu y
mettre, qu'aurons-nous à craindre? Quoy, que
des Marchands particuliers qui compofent ces
fortes de Compagnies chez nos voifins, faffent
efchoüer un deffein que le plus grand Roy
du monde voudra foutenir? Vn Roy, qui par
l'ordre admirable de fa conduite; par la jufte ad-
miniftration de fes finances: par fa bonté pater-
nelle envers fes peuples, s'eft mis en eftat d'entreprendre fans crainte tout ce qu'il trouvera de
jufte & d'avantageux pour le bien de fa Couronne? Non, non, il n'y a pas d'apparence; Nos
voifins font trop fages pour tenter une chofe qui
tourneroit indubitablement à leur perte & à leur
ruine entiere. Difons donc pluftoft, qu'ils nous
verront prendre part à leur commerce, ou avec
plaifir comme leurs principaux Alliez, ou du
moins fans nous y pouvoir nuire.

Le second sujet de la deffiance des particuliers
vient de la confideration de quelques malheureux
effets des troubles paffez. Les defpenfes extraordinaires & immenfes que le Roy a efté obligé de
fouftenir, durant la guerre qu'il avoit en toutes
les parties de l'Europe, & qui nous ont acquis
enfin, la plus glorieufe conftitution d'Eftat où
la France ait efté jamais; Ces defpenfes, dif-je,
l'ayant obligé de demander quelquefois un fecours d'argent à fes Sujets, ont laiffé de triftes idées
dans les efprits, qui leur font foubçonner, que
fi il arrivoit quelque nouvelle occafion où le Roy
euft befoin d'argent, il pourroit mettre la main
fur les biens de cette Compagnie, comme fur des
deniers publics, & qu'ainfi ce feroit trop hazarder ce que l'on a, que de le mettre en un fond
dont le Roy fe pourroit rendre maiftre abfolu
quand il voudroit. Voila ce que difent les Efprits
foibles; Et certes ce qu'ils difent eft indigne de
la profperité de nos affaires, & de la Magnani-
mité du Roy. Le Roy, difent il, pourra fe faifir
du fond de la Compagnie, parce que ce font des
deniers publics; Et moy je dis, parce que ce font des
deniers publics, le Roy ne s'en faifira jamais. Le
Roy a eu de grandes guerres fur les bras; Son Ef-
pargne a efté efpuifée; Ses finances ont efté ad-
miniftrées d'une maniere qui a fait quelquefois
crier les peuples; Cependant, au milieu de ces
defordres, au milieu de cette neceffité preffante,
a-t-on

a-t-on veu qu'on ait jamais touché aux deniers
publics ? A-t-on veu que sa Majesté ait com-
mandé au Receveur des consignations de vuider
ses coffres entre les mains des Thresoriers de l'Es-
pargne ? Iamais. Iamais cette pensée n'est venüe
en l'esprit de personne, parce que les deniers du
public tiennent lieu d'un dépost sacré, où nul ne
pourroit porter la main sans quelque espece d'im-
pieté. Pourquoy donc voudroit-on que le Roy
commençast à violer un dépost public, comme
seroit le fond de la Compagnie ; Pourquoy voudroit-on qu'il fist dans l'abondance où il est, ce
qu'il n'a pas tenté lors qu'il estoit dans le besoin ?
Mais, on dira encore, toutes les choses du Monde sont sujettes aux revolutions, & la plus grande Felicité peut estre traversée par des Calami-
tez impreveües. Cela est vray ; Personne ne doute des jeux de la Fortune. Mais, à juger des choses par l'Apparence, & mesme par quelque chose de plus solide que l'Apparence ; A considerer
les embarras que la pluspart de nos voisins ont
chez eux ; A regarder la foiblesse des autres, &
que ceux qui nous ont paru jusques à present les
plus redoutables, ne sont pas faschez de se maintenir en bonne intelligence avec nous. A voir
d'autre costé la puissance de nostre Monarque,
& les fondemens inesbranslables qui la soustien-
nent ; A considerer de quelle maniere il a reglé
les affaires de son Estat, dont il prend le soin

G

avec une affiduité infatigable ; A confiderer l'ordre qu'il a mis dans fes Finances, qu'il voit luy-mefme & qu'il connoift jufques dans le plus grand deftail ; A regarder d'ailleurs toutes les autres graces que le Ciel a verfées fur fa Royale Perfonne, la Netteté de fon Efprit, la Solidité de fon Iugement, fa Vigueur corporelle, fa Santé, fa Ieuneffe ; Il y a lieu de croire, ou rien n'eft croyable dans le Monde, que le Bonheur dont nous joüiffons fera de longue durée, & que Dieu touché de fa Pieté & de fa Iuftice, luy donnera un Regne auffi long qu'heureux, & ne luy refufera pas une grace qu'elle a quelquefois accordée à des Princes Payens, & dont elle a favorifé le regne d'Augufte. Que cette mefchante Deffiance donc fe retire, qui jette de l'amertume parmy nos douceurs, & qui nous fait fonger à des maux dont nous ne fommes point menacez. Qu'on ne dife plus qu'un Prince fi genereux & fi equitable, après avoir laiffé fonder une Compagnie fous le fceau de fon authorité, puiffe avoir jamais la penfée d'envahir le bien des Particuliers qui fe feroient mis fous fa protection, & veüille par cette Violence foüiller une reputation fi noble & fi pure que la fienne. En un mot, qu'on ne s'imagine pas qu'une fortune fi floriffante, puiffe eftre jamais reduite à la neceffité de fe fervir d'un remede fi odieux, & après tout fi inutile. Car enfin, pour achever de def-

truire cette Deffiance, & en arracher jufqu'à la
moindre racine, je puis dire, que quand le Roy
auroit befoin de l'argent de fes fujets, & qu'il fe
voudroit emparer du bien de la Compagnie, cela luy feroit impoffible ; Car il faut fçavoir en
quoy confiftent les biens de ces Compagnies,
& par exemple de celle de Hollande. C'eft en un
nombre infiny de Marchandifes qui font refpan-
dues dans leurs magazins, tant aux Indes qu'en
Europe ; C'eft en Vaiffeaux, c'eft en Canons &
en autres equipages neceffaires ; L'argent comptant en fais la moindre partie, & ce qu'il y en a
d'ordinaire n'eft prefque pas confiderable à com-
paraifon du refte. Maintenant je demande ; Se-
roit-ce un bon expedient pour un Roy de France
qui auroit befoin d'argent, que de vouloir mettre la main fur toutes ces Marchandifes, dont la
plufpart feroient à trois ou quatre milles lieües de
luy? S'il luy falloit promptement de l'argent pour
lever une Armée & fe garentir d'une irruption
des Ennemis ; S'il luy en falloit pour payer des
Troupes mutinées, n'y auroit-il qu'à envoyer
cent ou fix vingt charettes dans la Maifon de la
Compagnie, & les ramener chargées de Canelle
ou de Mufcade? Payeroit-il fes Soldats avec des
fachets de Poivre ou de Clou de Girofle? Il faut
un autre fond que cela dans ces occafions. Il faut
expreffément de l'argent en efpeces durant la
guerre, & non point toutes ces chofes qui

aident à faire de l'argent durant la Paix. Et partant, puisque la richesse de cette Compagnie ne consistera point principalement en argent, qui est la seule chose dont les Roys peuvent quelquefois avoir affaire, il est manifeste que cette apprehension de l'Authorité Royale, n'est qu'vne Chimere qui s'oppose à nostre aggrandissement.

Le dernier Scrupule vient d'une autre forte d'Esprits encore plus déraisonnables, mais tel qu'il puisse estre, il ne faut pas le negliger non plus que les autres. Ces gens là donc, prenant les choses au pis, disent, qu'il peut arriver que la France se retrouvera encore en guerre avec quelqu'un des Estats voisins, & comme cette guerre exposeroit nos Flottes aux entreprises de l'Ennemy, ils doutent, si l'on feroit icy les mesmes efforts pour les deffendre, que l'on fait chez nos voisins en de pareilles rencontres. La raison qu'ils ont d'en douter ; C'est, que le Trafic estant le principal & presque l'unique souftien de nos voisins, ils sont obligez d'exposer leurs vies & leurs fortunes pour le maintenir ; Au lieu que la France subsistant d'elle-mesme, & trouvant un fond permanent de biens solides dans l'estenduë de ses Provinces, il ne luy en seroit pas beaucoup moins, quand une Compagnie de Negocians auroit perdu une flotte ; Et qu'ainsi, le Roy songeroit bien plustost à garentir ses

Frontieres des courſes des Ennemis , & à munir
ſes Places fortes , qu'à faire de grandes Armées
navales , pour aller au devant de nos Vaiſſeaux ,
& les preſerver des mauvaiſes rencontres. Certes,
Ces gens qui font ces objections , ne ſongent
pas qu'en les faiſant ils les deſtruiſent ; Car , ſi
de leur propre confeſſion , nos voiſins qui n'oc-
cupent pas un pays ſi bon que la France , n'ont
pas laiſſé de ſouſtenir leur trafic contre tous ceux
qui l'ont attaqué; comment peuvent-ils douter,
ſi le Roy ſouſtiendra puiſſamment le noſtre ? Par
quelle raiſon veulent-ils que le plus fort ne faſſe
pas ce qu'ils avoüent avoir eſté fait par le plus
foible ? Ils diront qu'ils ne doutent pas que le
Roy n'en ait la puiſſance , mais qu'ils crain-
droient qu'on n'en euſt pas tout le ſoin qui
ſeroit neceſſaire. Ils ignorent donc , ou veulent
ignorer ce que le Roy fait tous les jours. Ie ne
parle point de cette vigilance univerſelle , qui
s'eſtend ſur toutes les parties de l'Eſtat , je parle
en particulier du ſoin qu'il prend de proteger
ſes Sujets qui trafiquent dans les pays eſtrangers. Ils ne ſçavent donc pas , que pour leur entretenir la liberté du commerce ordinaire dans
les Mers du Levant & du Ponant , il luy en
couſte tous les ans plus de quatre Millions. Ils
ne ſçavent donc pas , que c'eſt pour ce ſujet
qu'il a fait depuis peu la deſpence d'une Armée
navale , pour donner la chaſſe aux Corſaires

d'Algier. Que c'eſt pour cela meſme qu'il entre-
prend encore une eſcadre pour defendre nos Marchands de l'inſulte des Pirates de Galice. Car, à
moins que d'ignorer toutes ces choſes , on ne
peut pas eſtre dans l'erreur où ils ſe trouvent. Il
n'eſt pas poſſible de ſçavoir que le Roy prenne
tant de ſoin d'un trafic fort mediocre , & de s'i-
maginer qu'il n'employaſt par ſes forces pour en
maintenir un autre bien plus grand & bien plus
illuſtre. Il n'y a pas moyen de comprendre ,
pourquoy il refuſeroit dans le beſoin, d'envoyer
ſes Armées navales au devant des Flottes d'une
Compagnie où tout l'Eſtat auroit intereſt, puiſqu'il fait bien la meſme choſe aujourd'huy en
faveur de quelques Marchands particuliers. Il
n'y a point d'apparence qu'en temps de guerre
on priſt le ſoin de munir les Frontieres , qu'on
donnaſt quelquefois des batailles pour empeſ-
cher la priſe d'une petite Ville, ou pour s'aſſeurer d'un Pont ſur la Riviere , & qu'on ne ſon-
geaſt point à la deffence d'une Flotte, dont le
retour ſeroit attendu avec les vœux de toute la
France. En un mot , ſi l'Intereſt & l'Honneur
ſont touſjours les plus puiſſans motifs des re-
ſolutions humaines , & ſont les deux Poles ſur
leſquels remuent toutes les affaires des Particuliers, auſſi bien que celles des Princes ; Il n'y a pas
lieu de douter, ſi le Roy deployera ſa puiſſance,
pour mettre à couvert la Compagnie toutes les

fois qu'elle feroit en peril. Car , que fa Majefté
y fuft engagée par fon intereft , cela eft clair;
Non feulement , à caufe qu'elle auroit part au
fond de la Compagnie; Mais encore , parce que
ce grand trafic , attirant dans le Royaume un
nombre infiny de Marchandifes & de Marchands , le revenu de fes Fermes & des Doüanes augmenteroit notablement. De forte qu'on
peut dire avec verité , que les deux meilleures
Provinces du Royaume ne luy vaudroient
point tant de revenu que ce Commerce , quand
il feroit une fois eftabli. Qu'elle y fuft auffi
engagée par fon honneur , cela eft encore fans
difficulté , puifqu'il eft de l'honneur d'un Sou-
verain , de ne laiffer pas opprimer fes fujets , dans
un deffein qu'ils auroient formé par fon confen-
tement , & fous fon aveu. Et ainfi , il y a de la
ftupidité à demander , fi le Roy fouftiendra
puiffamment nos affociez , foit en Paix foit en
Guerre , puifque tant de confiderations l'y en-
gagent. Il ne faut pas croire , que la Neceffité
qui arrache par fois des efforts extraordinaires
des hommes les plus mediocres , puiffe produire ces belles refolutions que nous admirons en
nos voifins , & que le veritable amour de la
Gloire , & le foin de la Iuftiçe , n'en produife
pas de plus belles & de plus grandes dans l'ame
des Heros. Les premiers font entraifnez dans leur
devoir par vne efpece de violence; Les autres s'y

portent par choix & par raiſonnement. Ceux-là
ne ſçavent tout au plus qu'eviter le Mal ; Ceux-
cy deviennent ordinairement les autheurs des
plus grands Biens. Qu'on ne ſoit donc plus en
peine de nos Flottes, puiſque le meilleur Roy
de l'Vnivers doit veiller à leur ſeureté. Cette
Puiſſance miraculeuſe qui l'accompagne par
tout, & qui force toutes les autres Puiſſances
à fleſchir ſous la ſienne, reſpandra ſon influen-
ce bienheureuſe ſur nos nouveaux Navigateurs,
& combattra pour eux l'inconſtance des Ele-
mens & la malice des hommes. Qu'on ne penſe
pas auſſi que les Conqueſtes que nous ferons
ſous ſon Nom, luy deviennent moins conſide-
rables que ſes autres poſſeſſions, & qu'il endu-
re que des mains ennemis arrachent les Lys
des lieux où ils auront pris racine. Il y a un lien
inviſible qui joint les parties du Monde les plus
eſloignées, quand elles appartiennent à un meſme Maiſtre, & qui fait qu'on ne peut eſbranler
l'une, que l'autre n'en reçoive la ſecouſſe. C'eſt
donc ſur ſa Puiſſance, & ſur ſon Courage, que
nous devons nous repoſer confidemment du
ſuccés de cette Entrepriſe ; Et comme elle com-
mence en un temps, où ce Monarque incomparable eſt l'Arbitre de toute l'Europe ; Que tous
les Princes recherchent ardamment ſon Amitié,
evitent ſoigneuſement ſa Cholere ; Il ne faut pas
douter que l'ombre de ſes Lauriers ne porte
bonheur

bonheur à nos Colonies. Vniffez-vous donc, Genereux François, vniffez-vous, pour vous ouvrir une route glorieufe, & qui ne vous a efté fermée jufqu'à prefent que par les malheurs paffez de l'Eftat; Vne route qui vous conduira à des biens innombrables, & qui fe multiplieront encore entre les mains de vos enfans; Vne route, enfin, par laquelle vous porterez la terreur de vos Armes dans les parties du Monde qui nous font encore inconnuës. Banniffez deformais de vos Efprits ces Soubçons injuftes, & qui font fi efloignez de la courageufe Confiance que vous avez ordinairement en vousmefmes. Navigez hardiment fous le Pavillon de l'Augufte & de l'Invincible LOVIS; Et foyez affeurez, que comme vous n'avez rien à redouter de la part des autres Nations, à qui la Majefté de fon Nom imprime le Refpect & la Crainte, vous avez tout à efperer de fa Protection, de fa Bonté, de fa Munificence.

H

www.ingramcontent.com/pod-product-compliance
Lightning Source LLC
Chambersburg PA
CBHW061648180626
46818CB00003B/1012